Le Petit Prince

La meilleure vente de l'histoire des enfants (illustré)

Antoine de Saint-Exupéry

PETRA BOOKS
www.PetraBooks.com

To bignose
Lots of Love
Baldy.

Le Petit Prince
la meilleure vente de l'histoire des enfants

TABLE DES MATIÈRES

Le Petit Prince
la meilleure vente de l'histoire des enfants

DEDICACE

A Léon Werth.

Je demande pardon aux enfants d'avoir dédié ce livre à une grande personne. J'ai une excuse sérieuse : cette grande personne est le meilleur ami que j'ai au monde. J'ai une autre excuse : cette grande personne peut tout comprendre, même les livres pour enfants. J'ai une troisième excuse : cette grande personne habite la France où elle a faim et froid. Elle a besoin d'être consolée. Si toutes ces excuses ne suffisent pas, je veux bien dédier ce livre à l'enfant qu'a été autrefois cette grande personne. Toutes les grandes personnes ont d'abord été des enfants. (Mais peu d'entre elles s'en souviennent.) Je corrige donc ma dédicace :

A Léon Werth quand il était petit garcon

**Le Petit Prince
la meilleure vente de l'histoire des enfants**

PREMIER CHAPITRE

Lorsque j'avais six ans j'ai vu, une fois, une magnifique image, dans un livre sur la Forêt Vierge qui s'appelait "Histoires Vécues". Ca représentait un serpent boa qui avalait un fauve. Voilà la copie du dessin.

On disait dans le livre: "Les serpents boas avalent leur proie tout entière, sans la mâcher. Ensuite ils ne peuvent plus bouger et ils dorment pendant les six mois de leur digestion".

J'ai alors beaucoup réfléchi sur les aventures de la jungle et, à mon tour, j'ai réussi, avec un crayon de couleur, à tracer mon premier dessin. Mon dessin numéro 1. Il était comme ça:

J'ai montré mon chef d'oeuvre aux grandes personnes et je leur ai demandé si mon dessin leur faisait peur.

Elles m'ont répondu: "Pourquoi un chapeau ferait-il peur?"

Mon dessin ne représentait pas un chapeau. Il représentait un serpent boa qui digérait un éléphant. J'ai alors dessiné l'intérieur du serpent boa, afin que les grandes personnes puissent comprendre. Elles ont toujours besoin d'explications. Mon dessin numéro 2 était comme ça:

Les grandes personnes m'ont conseillé de laisser de côté les dessins de serpents boas ouverts ou fermés, et de m'intéresser plutôt à la géographie, à l'histoire, au calcul et à la grammaire. C'est ainsi que j'ai abandonné, à l'âge de six ans, une magnifique carrière de peinture. J'avais été découragé par l'insuccès de mon dessin numéro 1 et de mon dessin numéro 2. Les grandes personnes ne comprennent jamais rien toutes seules, et c'est fatigant, pour les enfants, de toujours leur donner des explications.

J'ai donc dû choisir un autre métier et j'ai appris à piloter des avions. J'ai volé un peu partout dans le monde. Et la géographie, c'est exact, m'a beaucoup servi. Je savais reconnaître, du premier coup d'oeil, la Chine de l'Arizona. C'est utile, si l'on est égaré pendant la nuit.

J'ai ainsi eu, au cours de ma vie, des tas de contacts avec des tas de gens sérieux. J'ai beaucoup vécu chez les grandes personnes. Je les ai vues de très près. Ça n'a pas trop amélioré mon opinion.

Quand j'en rencontrais une qui me paraissait un peu lucide, je faisais l'expérience sur elle de mon dessin no.1 que j'ai toujours conservé. Je voulais savoir si elle était vraiment compréhensive. Mais toujours elle me répondait: "C'est un chapeau." Alors je ne lui parlais ni de serpents boas, ni de forêts vierges, ni d'étoiles. Je me mettais à sa portée. Je lui parlais de bridge, de golf, de politique et de cravates. Et la grande personne était bien contente de connaître un homme aussi raisonnable.

CHAPITRE II

J'ai ainsi vécu seul, sans personne avec qui parler véritablement, jusqu'à une panne dans le désert du Sahara, il y a six ans. Quelque chose s'était cassé dans mon moteur, Et comme je n'avais avec moi ni mécanicien, ni passagers, je me préparai à essayer de réussir, tout seul, une réparation difficile. C'était pour moi une question de vie ou de mort. J'avais à peine de l'eau à boire pour huit jours.

Le premier soir je me suis donc endormi sur le sable à mille milles de toute terre habitée. J'étais bien plus isolé qu'un naufragé sur un radeau au milieu de l'océan. Alors vous imaginez ma surprise, au lever du jour, quand une drôle de petite voix m'a réveillé. Elle disait:

-S'il vous plaît... dessine-moi un mouton!

-Hein!

-Dessine-moi un mouton...

J'ai sauté sur mes pieds comme si j'avais été frappé par la foudre. J'ai bien frotté mes yeux. J'ai bien regardé. Et j'ai vu un petit bonhomme tout à fait extraordinaire qui me considérait gravement. Voilà le meilleur portrait que, plus tard, j'ai réussi à faire de lui. Mais mon dessin, bien sûr, est beaucoup moins ravissant que le modèle. Ce n'est pas de ma faute. J'avais été découragé dans ma carrière de peintre par les grandes personnes, à l'age de six ans, et je n'avais rien appris à dessiner, sauf les boas fermés et les boas ouverts.

Je regardai donc cette apparition avec des yeux tout ronds d'étonnement. N'oubliez pas que je me trouvais à mille milles de toute région habitée. Or mon petit bonhomme ne me semblait ni égaré, ni mort de fatigue, ni mort de faim, ni mort de soif, ni mort de peur. Il n'avait en rien l'apparence d'un enfant perdu au milieu du désert, à mille milles de toute région habitée. Quand je réussis enfin de parler, je lui dis:

-Mais qu'est-ce que tu fais là?

Et il me répéta alors, tout doucement, comme une chose très sérieuse:

-S'il vous plaît... dessine-moi un mouton...

Quand le mystère est trop impressionnant, on n'ose pas désobéir. Aussi absurde que cela me semblât à mille milles de tous les endroits habités et en danger de mort, je sortis de ma poche une feuille de papier et un stylographe. Mais je me rappelai alors que j'avais surtout étudié la géographie, l'histoire, le calcul et la grammaire et je dis au petit bonhomme (avec un peu de mauvaise humeur) que je ne savais pas dessiner. Il me répondit:

-Ca ne fait rien. Dessine-moi un mouton.

Comme je n'avais jamais dessiné un mouton je refis, pour lui, un des deux seuls dessins dont j'étais capable. Celui du boa fermé. Et je fus stupéfait d'entendre le petit bonhomme me répondre:

-Non! Non! Je ne veux pas d'un éléphant dans un boa. Un boa c'est très dangereux, et un éléphant c'est très encombrant. Chez moi c'est tout petit. J'ai besoin d'un mouton. Dessine-moi un mouton.

Alors j'ai dessiné.

Il regarda attentivement, puis:

-Non! Celui-là est déjà très malade. Fais-en un autre.

Je dessinai:

Mon ami sourit gentiment, avec indulgence:

-Tu vois bien... ce n'est pas un mouton, c'est un bélier. Il a des cornes...

Je refis donc encore mon dessin: Mais il fut refusé, comme les précédents:

-Celui-là est trop vieux. Je veux un mouton qui vive longtemps.

Alors, faute de patience, comme j'avais hâte de commencer le démontage de mon moteur, je griffonnai ce dessin-ci.

Et je lançai:

-Ca c'est la caisse. le mouton que tu veux est dedans.

Mais je fus bien surpris de voir s'illuminer le visage de mon jeune juge: -C'est tout à fait comme ça que je le voulais! Crois-tu qu'il faille beaucoup d'herbe à ce mouton?

-Pourquoi?

-Parce que chez moi c'est tout petit...

-Ca suffira sûrement. Je t'ai donné un tout petit mouton.

Il pencha la tête vers le dessin:

-Pas si petit que ça... Tiens! Il s'est endormi...

Et c'est ainsi que je fis la connaissance du petit prince.

CHAPITRE III

Il me fallut longtemps pour comprendre d'où il venait. Le petit prince, qui me posait beaucoup de questions, ne semblait jamais entendre les miennes. Ce sont des mots prononcés par hasard qui, peu à peu, m'ont tout révélé. Ainsi, quand il aperçu pour la première fois mon avion (je ne dessinerai pas mon avion, c'est un dessin beaucoup trop compliqué pour moi) il me demanda:

-Qu'est ce que c'est que cette chose-là?

-Ce n'est pas une chose. Ca vole. C'est un avion. C'est mon avion.

Et j'étais fier de lui apprendre que je volais. Alors il s'écria:

-Comment! tu es tombé du ciel!

-Oui, fis-je modestement.

-Ah! ça c'est drôle...

Et le petit prince eut un très joli éclat de rire qui m'irrita beaucoup. Je désire que l'on prenne mes malheurs au sérieux. Puis il ajouta:

-Alors, toi aussi tu viens du ciel! De quelle planète es-tu?

J'entrevis aussitôt une lueur, dans le mystère de sa présence, et j'interrogeai brusquement:

-Tu viens donc d'une autre planète?

Mais il ne me répondit pas. Il hochait la tête doucement tout en regardant mon avion:

-C'est vrai que, là-dessus, tu ne peux pas venir de bien loin...

Et il s'enfonça dans une rêverie qui dura longtemps. Puis, sortant mon mouton de sa poche, il se plongea dans la contemplation de son trésor.

Vous imaginez combien j'avais pu être intrigué par cette demi-confidence sur "les autres planètes". Je m'efforçai donc d'en savoir plus long:

-D'où viens-tu mon petit bonhomme? Où est-ce "chez toi"? Où veux-tu emporter mon mouton?

Il me répondit après un silence méditatif:

-Ce qui est bien, avec la caisse que tu m'as donnée, c'est que, la nuit, ça lui servira de maison.

-Bien sûr. Et si tu es gentil, je te donnerai aussi une corde pour l'attacher pendant le jour. Et un piquet.

La proposition parut choquer le petit prince:

-L'attacher? Quelle drôle d'idée!

-Mais si tu ne l'attaches pas, il ira n'importe où, et il se perdra...

Et mon ami eut un nouvel éclat de rire:

-Mais où veux-tu qu'il aille!

-N'importe où. Droit devant lui...

Alors le petit prince remarqua gravement:

-Ca ne fait rien, c'est tellement petit, chez moi!

Et, avec un peu de mélancolie, peut-être, il ajouta:

-Droit devant soi on ne peut pas aller bien loin...

CHAPITRE IV

J'avais ainsi appris une seconde chose très importante: C'est que sa planète d'origine était à peine plus grande qu'une maison!

Ca ne pouvait pas m'étonner beaucoup. Je savais bien qu'en dehors des grosses planètes comme la Terre, Jupiter, Mars, Vénus, auxquelles on a donné des noms, il y en a des centaines d'autres qui sont quelque-fois si petites qu'on a beaucoup de mal à les apercevoir au télescope. Quand un astronome découvre l'une d'elles, il lui donne pour nom un zéro. Il l'appelle par exemple: "l'astéroïde 3251."

J'ai de sérieuses raisons de croire que la planète d'ou venait le petit prince est l'astéroïde B 612.

Cet astéroïde n'a été aperçu qu'une fois au télescope, en 1909, par un astronome turc.

Il avait fait alors une grande démonstration de sa découverte à un Congrès International d'Astronomie.

Mais personne ne l'avait cru à cause de son costume. Les grandes personnes sont comme ça.

Heureusement, pour la réputation de l'astéroïde B 612 un dictateur turc imposa à son peuple, sous peine de mort, de s'habiller à l'Européenne. L'astronome refit se démonstration en 1920, dans un habit très élégant. Et cette fois-ci tout le monde fut de son avis.

Si je vous ai raconté ces détails sur l'astéroïde B 612 et si je vous ai confié son numéro, c'est à cause des grandes personnes. Les grandes personnes aiment les chiffres. Quand vous leur parlez d'un nouvel ami, elles ne vous questionnent jamais sur l'essentiel. Elles ne vous disent jamais: "Quel est le son de sa voix? Quels sont les jeux qu'il préfère? Est-ce qu'il collectionne les papillons?" Elles vous demandent: "Quel âge a-t-il? Combien a-t-il de frères? Combien pèse-t-il? Combien gagne son père?" Alors seulement elles croient le connaître. Si vous dites aux grandes personnes: "J'ai vu une belle maison en briques roses, avec des géraniums aux fenêtres et des colombes sur le toit..." elles ne parviennent pas à s'imaginer cette maison. Il faut leur dire: "J'ai vu une maison de cent mille francs." Alors elles s'écrient: "Comme c'est joli!"

Ainsi, si vous leur dites: "La preuve que le petit prince a existé c'est qu'il était ravissant, et qu'il voulait un mouton. Quand on veut un mouton, c'est la preuve qu'on existe" elles hausseront les épaules et vous traiteront d'enfant! Mais si vous leur dites: "La planète d'où il venait est l'astéroïde B 612" alors elles seront convaincues, et elles vous laisseront tranquille avec leurs questions. Elles sont comme ça. Il ne faut pas leur en vouloir. Les enfants doivent être très indulgents envers les grandes personnes.

Mais, bien sûr, nous qui comprenons la vie, nous nous moquons bien des numéros! J'aurais aimé commencer cette histoire à la façon des contes de fées. J'aurais aimé dire:

"Il était une fois un petit prince qui habitait une planète à peine plus grande que lui, et qui avait besoin d'un ami..." Pour ceux qui comprennent la vie, ça aurait eu l'air beaucoup plus vrai.

Car je n'aime pas qu'on lise mon livre à la légère. J'éprouve tant de chagrin à raconter ces souvenirs. Il y a six ans déjà que mon ami s'en est allé avec son mouton. Si j'essaie ici de le décrire, c'est afin de ne pas l'oublier. C'est triste d'oublier un ami. Tout le monde n'a pas eu un ami. Et je puis devenir comme les grandes personnes qui ne s'intéressent plus qu'aux chiffres. C'est donc pour ça encore que j'ai acheté une boîte de couleurs et des crayons. C'est dur de se remettre au dessin, à mon âge, quand on n'a jamais fait d'autres tentatives que celle d'un boa fermé et celle d'un boa ouvert, à l'âge de six ans! J'essayerais bien sûr, de faire des portraits le plus ressemblants possible. Mais je ne suis pas tout à fait certain de réussir. Un dessin va, et l'autre ne ressemble plus. Je me trompe un peu aussi sur la taille. Ici le petit prince est trop grand. Là il est trop petit. J'hésite aussi sur la couleur de son costume. Alors je tâtonne comme ci et comme ça, tant bien que mal. Je me tromperai enfin sur certains détails plus importants. Mais ça, il faudra me le pardonner. Mon ami ne donnait jamais d'explications. Il me croyait peut-être semblable à lui. Mais moi, malheureusement, je ne sais pas voir les moutons à travers les caisses. Je suis peut-être un peu comme les grandes personnes. J'ai dû vieillir.

CHAPITRE V

Chaque jour j'apprenais quelque chose sur la planète, sur le départ, sur le voyage. Ca venait tout doucement, au hasard des réflexions. C'est ainsi que, le troisième jour, je connus le drame des baobabs.

Cette fois-ci encore fut grâce au mouton, car brusquement le petit prince m'interrogea, comme pris d'un doute grave:

-C'est bien vrai, n'est-ce pas, que les moutons mangent les arbustes?

-Oui. C'est vrai.

-Ah! Je suis content.

Je ne compris pas pourquoi il était si important que les moutons mangeassent les arbustes. Mais le petit prince ajouta:

-Par conséquent ils mangent aussi les baobabs?

Je fis remarquer au petit prince que les baobabs ne sont pas des arbustes, mais des arbres grand comme des églises et que, si même il emportait avec lui tout un troupeau d'éléphants, ce troupeau ne viendrait pas à bout d'un seul baobab.

L'idée du troupeau d'éléphants fit rire le petit prince:

-Il faudrait les mettre les uns sur les autres...

Mais il remarqua avec sagesse:

-Les baobabs, avant de grandir, ça commence par être petit.

-C'est exact! Mais pourquoi veux-tu que tes moutons mangent les petits baobabs?

Il me répondit: "Ben! Voyons!" comme il s'agissait là d'une évidence. Et il me fallut un grand effort d'intelligence pour comprendre à moi seul ce problème.

Et en effet, sur la planète du petit prince, il y avait comme sur toutes les planètes, de bonnes herbes et de mauvaises herbes. Par conséquent de bonnes graines de bonnes herbes et de mauvaises graines de mauvaises herbes. Mais les graines sont invisibles. Elles dorment dans le secret de la terre jusqu'à ce qu'il prenne fantaisie à l'une d'elles de se réveiller. Alors elle s'étire, et pousse d'abord timidement vers le soleil une ravissante petite brindille de radis ou de rosier, on peut la laisser pousser comme elle veut. Mais s'il s'agit d'une mauvaise plante, il faut arracher la plante aussitôt, dès qu'on a su la reconnaître. Or il y avait des graines terribles sur la planète du petit prince... c'étaient les graines de baobabs. Le sol de la planète en était infesté. Or un baobab, si l'on s'y prend trop tard, on ne peut jamais plus s'en débarrasser. Il encombre toute la planète. Il la perfore de ses racines. Et si la planète est trop petite, et si les baobabs sont trop nombreux, ils la font éclater.

"C'est une question de discipline, me disait plus tard le petit prince. Quand on a terminé sa toilette du matin, il faut faire soigneusement la toilette de la planète. Il faut s'astreindre régulièrement à arracher les baobabs dès qu'on les distingue d'avec les rosiers auxquels ils se rassemblent beaucoup quand ils sont très jeunes. C'est un travail très ennuyeux, mais très facile."

Et un jour il me conseilla de m'appliquer à réussir un beau dessin, pour bien faire entrer ça dans la tête des enfants de chez moi. "S'ils voyagent un jour, me disait-il, ça pourra leur servir. Il est quelquefois sans inconvénient de remettre à plus tard son travail. Mais, s'il s'agit des baobabs, c'est toujours une catastrophe. J'ai connu une planète, habitée par un paresseux. Il avait négligé trois arbustes..."

Et, sur les indications du petit prince, j'ai dessiné cette planète-là. Je n'aime guère prendre le ton d'un moraliste. Mais le danger des baobabs est si peu connu, et les risques courus par celui qui s'égarerait dans un astéroïde sont si considérables, que, pour une fois, je fais exception à ma réserve. Je dis: "Enfants! Faites attention aux baobabs!" C'est pour avertir mes amis du danger qu'ils frôlaient depuis longtemps, comme moi-même, sans le connaître, que j'ai tant travaillé ce dessin-là. La leçon que je donnais en valait la peine. Vous vous demanderez peut-être: Pourquoi n'y a-t-il pas dans ce livre, d'autres dessins aussi grandioses que le dessin des baobabs? La réponse est bien simple: J'ai essayé mais je n'ai pas pu réussir. Quand j'ai dessiné les baobabs j'ai été animé par le sentiment de l'urgence.

CHAPITRE VI

Ah! petit prince, j'ai compris, peu à peu, ainsi, ta petite vie mélancolique. Tu n'avais eu longtemps pour ta distraction que la douceur des couchers du soleil. J'ai appris ce détail nouveau, le quatrième jour au matin, quand tu m'as dit:

-J'aime bien les couchers de soleil. Allons voir un coucher de soleil...

-Mais il faut attendre...

-Attendre quoi?

-Attendre que le soleil se couche.

Tu as eu l'air très surpris d'abord, et puis tu as ri de toi-même. Et tu m'as dit:

-Je me crois toujours chez moi!

En effet. Quand il est midi aux Etats-Unis, le soleil, tout le monde sait, se couche sur la France. Il suffirait de pouvoir aller en France en une minute pour assister au coucher de soleil. Malheureusement la France est bien trop éloignée. Mais, sur ta si petite planète, il te suffirait de tirer ta chaise de quelques pas. Et tu regardais le crépuscule chaque fois que tu le désirais...

-Un jour, j'ai vu le soleil se coucher quarante-trois fois!

Et un peu plus tard tu ajoutais:

-Tu sais... quand on est tellement triste on aime les couchers de soleil...

-Le jour des quarante-trois fois tu étais donc tellement triste?
Mais le petit prince ne répondit pas.

CHAPITRE VII

Le cinquième jour, toujours grâce au mouton, ce secret de la vie du petit prince me fut révélé. Il me demanda avec brusquerie, sans préambule, comme le fruit d'un problème longtemps médité en silence:

-Un mouton, s'il mange les arbustes, il mange aussi les fleurs?

-Un mouton mange tout ce qu'il rencontre.

-Même les fleurs qui ont des épines?

-Oui. Même les fleurs qui ont des épines.

-Alors les épines, à quoi servent-elles?

Je ne le savais pas. J'étais alors très occupé à essayer de dévisser un boulon trop serré de mon moteur. J'étais très soucieux car ma panne commençait de m'apparaître comme très grave, et l'eau à boire qui s'épuisait me faisait craindre le pire.

-Les épines, à quoi servent-elles?

Le petit prince ne renonçait jamais à une question, une fois qu'il l'avait posée. J'étais irrité par mon boulon et je répondis n'importe quoi:

-Les épines, ça ne sert à rien, c'est de la pure méchanceté de la part des fleurs!

-Oh!

Mais après un silence il me lança, avec une sorte de rancune:

-Je ne te crois pas! les fleurs sont faibles. Elles sont naïves. Elles se rassurent comme elles peuvent. Elles se croient terribles avec leurs épines...

Je ne répondis rien. A cet instant-là je me disais: "Si ce boulon résiste encore, je le ferai sauter d'un coup de marteau." Le petit prince dérangea de nouveau mes réflexions:

-Et tu crois, toi, que les fleurs...

-Mais non! Mais non! Je ne crois rien! J'ai répondu n'importe quoi. Je m'occupe, moi, des choses sérieuses!

Il me regarda stupéfiait.

-De choses sérieuses!

Il me voyait, mon marteau à la main, et les doigts noirs de cambouis, penché sur un objet qui lui semblait très laid.

-Tu parles comme les grandes personnes!

Ca me fit un peu honte. Mais, impitoyable, il ajouta:

-Tu confonds tout... tu mélanges tout!

Il était vraiment très irrité. Il secouait au vent des cheveux tout dorés:

-Je connais une planète où il y a un Monsieur cramoisi. Il n'a jamais respiré une fleur. Il n'a jamais regardé une étoile. Il n'a jamais aimé personne. Il n'a jamais rien fait d'autre que des additions. Et toute la journée il répète comme toi: "Je suis un homme sérieux! Je suis un homme sérieux!" et ça le fait gonfler d'orgueil. Mais ce n'est pas un homme, c'est un champignon!

-Un quoi?

-Un champignon!

Le petit prince était maintenant tout pâle de colère.

-Il y a des millions d'années que les fleurs fabriquent des épines. Il y a des millions d'années que les moutons mangent quand même les fleurs. Et ce n'est pas sérieux de chercher à comprendre pourquoi elles se donnent tant de mal pour se fabriquer des épines qui ne servent jamais à rien? Ce n'est pas important la guerre des moutons et des fleurs? Ce n'est pas sérieux et plus important que les additions d'un gros Monsieur rouge? Et si je connais, moi, une fleur unique au monde, qui n'existe nulle part, sauf dans ma planète, et qu'un petit mouton peut anéantir d'un seul coup, comme ça, un matin, sans se rendre compte de ce qu'il fait, ce n'est pas important ça?

Il rougit, puis reprit:

-Si quelqu'un aime une fleur qui n'existe qu'à un exemplaire dans les millions d'étoiles, ça suffit pour qu'il soit heureux quand il les regarde. Il se dit: "Ma fleur est là quelque part..." Mais si le mouton mange la fleur, c'est pour lui comme si, brusquement, toutes les étoiles s'éteignaient! Et ce n'est pas important ça!

Il ne put rien dire de plus. Il éclata brusquement en sanglots. La nuit était tombée. J'avais lâché mes outils. Je me moquais bien de mon marteau, de mon boulon, de la soif et de la mort. Il y avait sur une étoile, une planète, la mienne, la Terre, un petit prince à consoler! Je le pris dans les bras. Je le berçai. Je lui disais: "La fleur que tu aimes n'est pas en danger... Je lui dessinerai une muselière, à ton mouton... Je te dessinerai une armure pour ta fleur... Je..." Je ne savais pas trop quoi dire. Je me sentais très maladroit. Je ne savais comment l'atteindre, où le rejoindre... C'est tellement mystérieux, le pays des larmes.

CHAPITRE VIII

J'appris bien vite à mieux connaître cette fleur. Il y avait toujours eu, sur la planète du petit prince, des fleurs très simples, ornées d'un seul rang de pétales, et qui ne tenaient point de place, et qui ne dérangeaient personne. Elles apparaissaient un matin dans l'herbe, et puis elles s'éteignaient le soir. Mais celle-là avait germé un jour, d'une graine apportée d'on ne sait où, et le petit prince avait surveillé de très près cette brindille qui ne ressemblait pas aux autres brindilles. Ca pouvait être un nouveau genre de baobab. Mais l'arbuste cessa vite de croître, et commença de préparer une fleur. Le petit prince, qui assistait à l'installation d'un bouton énorme, sentait bien qu'il en sortirait une apparition miraculeuse, mais la fleur n'en finissait pas de se préparer à être belle, à l'abri de sa chambre verte. Elle choisissait avec soin ses couleurs. Elle s'habillait lentement, elle ajustait un à un ses pétales. Elle ne voulait pas sortir toute fripée comme les coquelicots. Elle ne voulait apparaître que dans le plein rayonnement de sa beauté. Eh! oui. Elle était très coquette! Sa toilette mystérieuse avait donc duré des jours et des jours. Et puis voici qu'un matin, justement à l'heure du lever du soleil, elle s'était montrée.

Et elle, qui avait travaillé avec tant de précision, dit en bâillant:

-Ah! Je me réveille à peine... Je vous demande pardon... Je suis encore toute décoiffée...

Le petit prince, alors, ne put contenir son admiration:

-Que vous êtes belle!

-N'est-ce pas, répondit doucement la fleur. Et je suis née en même temps que le soleil...

Le petit prince devina bien qu'elle n'était pas trop modeste, mais elle était si émouvante!

-C'est l'heure, je crois, du petit déjeuner, avait-elle bientôt ajouté, auriez-vous la bonté de penser à moi...

Et le petit prince, tout confus, ayant été chercher un arrosoir d'eau fraîche, avait servi la fleur.

Ainsi l'avait-elle bien vite tourmenté par sa vanité un peu ombrageuse. Un jour, par exemple, parlant de ses quatre épines, elle avait dit au petit prince:

-Ils peuvent venir, les tigres, avec leurs griffes!

-Il n'y a pas de tigres sur ma planète, avait objecté le petit prince, et puis les tigres ne mangent pas l'herbe.

-Je ne suis pas une herbe, avait doucement répondu la fleur.

-Pardonnez-moi...

-Je ne crains rien des tigres, mais j'ai horreur des courants d'air. Vous n'auriez pas un paravent?

"Horreur des courants d'air... ce n'est pas de chance, pour une plante, avait remarqué le petit prince. Cette fleur est bien compliquée..."

-Le soir vous me mettrez sous un globe. Il fait très froid chez vous. C'est mal installé. Là d'ou je viens...

Mais elle s'était interrompue. Elle était venue sous forme de graine. Elle n'avait rien pu connaître des autres mondes. Humiliée de s'être laissé surprendre à préparer un mensonge aussi naïf, elle avait toussé deux ou trois fois, pour mettre le petit prince dans son tort:

-Ce paravent?...

-J'allais le chercher mais vous me parliez!

Alors elle avait forcé sa toux pour lui infliger quand même des remords.

Ainsi le petit prince, malgré la bonne volonté de son amour, avait vite douté d'elle. Il avait pris au sérieux des mots sans importance, et il est devenu très malheureux.

"J'aurais dû ne pas l'écouter, me confia-t-il un jour, il ne faut jamais écouter les fleurs. Il faut les regarder et les respirer. La mienne embaumait ma planète, mais je ne savais pas m'en réjouir. Cette histoire de griffes, qui m'avait tellement agacé, eût dû m'attendrir..."

Il me confia encore:

"Je n'ai alors rien su comprendre! J'aurais dû la juger sur les actes et non sur les mots. Elle m'embaumait et m'éclairait. Je n'aurais jamais dû m'enfuir! J'aurais dû deviner sa tendresse derrière ses pauvres ruses. Les fleurs sont si contradictoires! Mais j'étais trop jeune pour savoir l'aimer."

CHAPITRE IX

Je crois qu'il profita, pour son évasion, d'une migration d'oiseaux sauvages. Au matin du départ il mit sa planète bien en ordre. Il ramona soigneusement ses volcans en activité. Il possédait deux volcans en activité. Et c'était bien commode pour faire chauffer le petit déjeuner du matin. Il possédait aussi un volcan éteint. Mais, comme il disait, "On ne sait jamais!" Il ramona donc également le volcan éteint. S'ils sont bien ramonés, les volcans brûlent doucement et régulièrement, sans éruptions. Les éruptions volcaniques sont comme des feux de cheminée. Evidemment sur notre terre nous sommes beaucoup trop petits pour ramoner nos volcans. C'est pourquoi ils nous causent tant d'ennuis.

Le petit prince arracha aussi, avec un peu de mélancolie, les dernières pousses de baobabs. Il croyait ne plus jamais devoir revenir. Mais tout ces travaux familiers lui parurent, ce matin-là, extrêmement doux. Et, quand il arrosa une dernière fois la fleur, et se prépara à la mettre à l'abri sous son globe, il se découvrit l'envie de pleurer.

-Adieu, dit-il à la fleur.

Mais elle ne lui répondit pas.

-Adieu, répéta-t-il.

La fleur toussa. Mais ce n'était pas à cause de son rhume.

-J'ai été sotte, lui dit-elle enfin. Je te demande pardon. Tâche d'être heureux.

Il fut surpris par l'absence de reproches. Il restait là tout déconcentré, le globe en l'air. Il ne comprenait pas cette douceur calme.

-Mais oui, je t'aime, lui dit la fleur. Tu n'en a rien su, par ma faute. Cela n'a aucune importance. Mais tu as été aussi sot que moi. Tâche d'être heureux... Laisse ce globe tranquille. Je n'en veux plus.

-Mais le vent...

-Je ne suis pas si enrhumée que ça... L'air frais de la nuit me fera du bien. Je suis une fleur.

-Mais les bêtes...

-Il faut bien que je supporte deux ou trois chenilles si je veux connaître les papillons. Il paraît que c'est tellement beau. Sinon qui me rendra visite? Tu seras loin, toi. Quant aux grosses bêtes, je ne crains rien. J'ai mes griffes.

Et elle montrait naïvement ses quatre épines. Puis elle ajouta:

-Ne traîne pas comme ça, c'est agaçant. Tu as décidé de partir. Va-t'en.

Car elle ne voulait pas qu'il la vît pleurer. C'était une fleur tellement orgueilleuse...

CHAPITRE X

Il se trouvait dans la région des astéroïdes 325, 326, 327, 328, 329 et 330. Il commença donc par les visiter pour y chercher une occupation et pour s'instruire.

La première était habitée par un roi. Le roi siégeait, habillé de pourpre et d'hermine, sur un trône très simple et cependant majestueux.

-Ah! Voilà un sujet, s'écria le roi quand il aperçut le petit prince.

Et le petit prince se demanda:

-Comment peut-il me connaître puisqu'il ne m'a encore jamais vu!

Il ne savait pas que, pour les rois, le monde est très simplifié. Tous les hommes sont des sujets.

-Approche-toi que je te voie mieux, lui dit le roi qui était tout fier d'être roi pour quelqu'un.

Le petit prince chercha des yeux où s'asseoir, mais la planète était toute encombrée par le magnifique manteau d'hermine. Il resta donc debout, et, comme il était fatigué, il bâilla.

-Il est contraire à l'étiquette de bâiller en présence d'un roi, lui dit le monarque. Je te l'interdis.

-Je ne peux pas m'en empêcher, répondit le petit prince tout confus. J'ai fait un long voyage et je n'ai pas dormi...

-Alors, lui dit le roi, je t'ordonne de bâiller. Je n'ai vu personne bâiller depuis des années. Les bâillements sont pour moi des curiosités. Allons! bâille encore. C'est un ordre.

-Ca m'intimide... je ne peux plus... fit le petit prince tout rougissant.

-Hum! Hum! répondit le roi. Alors je... je t'ordonne tantôt de bâiller et tantôt de...

Il bredouillait un peu et paraissait vexé.

Car le roi tenait essentiellement à ce que son autorité fût respectée. Il ne tolérait pas le désobéissance. C'était un monarque absolu. Mais comme il était très bon, il donnait des ordres raisonnables.

"Si j'ordonnais, disait-il couramment, si j'ordonnais à un général de se changer en oiseau de mer, et si le général n'obéissait pas, ce ne serait pas la faute du général. Ce serait ma faute."

-Puis-je m'asseoir? s'enquit timidement le petit prince.

-Je t'ordonne de t'asseoir, lui répondit le roi, qui ramena majestueusement un pan de son manteau d'hermine.

Mais le petit prince s'étonnait. La planète était minuscule. Sur quoi le roi pouvait-il bien régner?

-Sire, lui dit-il... je vous demande pardon de vous interroger...

-Je t'ordonne de m'interroger, se hâta de dire le roi.

-Sire... sur quoi régnez-vous?

-Sur tout, répondit le roi, avec une grande simplicité.

-Sur tout?

Le roi d'un geste discret désigna sa planète, les autres planètes et les étoiles.

-Sur tout ça? dit le petit prince.

-Sur tout ça... répondit le roi.

Car non seulement c'était un monarque absolu mais c'était un monarque universel.

-Et les étoiles vous obéissent?

-Bien sûr, lui dit le roi. Elles obéissent aussitôt. Je ne tolère pas l'indiscipline.

Un tel pouvoir émerveilla le petit prince. S'il l'avait détenu lui-même, il aurait pu assister, non pas à quarante-quatre, mais à soixante-douze, ou même à cent, ou même à deux cents couchers de soleil dans la même journée, sans avoir jamais à tirer sa chaise! Et comme il se sentait un peu triste à cause du souvenir de sa petite planète abandonnée, il s'enhardit à solliciter une grâce du roi:

-Je voudrais voir un coucher de soleil... Faites-moi plaisir... Ordonnez au soleil de se coucher...

-Si j'ordonnais à un général de voler une fleur à l'autre à la façon d'un papillon, ou d'écrire une tragédie, ou de se changer en oiseau de mer, et si le général n'exécutait pas l'ordre reçu, qui, de lui ou de moi, serait dans son tort?

-Ce serait vous, dit fermement le petit prince.

-Exact. Il faut exiger de chacun ce que chacun peut donner, reprit le roi. L'autorité repose d'abord sur la raison. Si tu ordonnes à ton peuple d'aller se jeter à la mer, il fera la révolution. J'ai le droit d'exiger l'obéissance parce que mes ordres sont raisonnables.

-Alors mon coucher de soleil? rappela le petit prince qui jamais n'oubliait une question une fois qu'il l'avait posée.

-Ton coucher de soleil, tu l'auras. Je l'exigerai. Mais j'attendrai, dans ma science du gouvernement, que les conditions soient favorables.

-Quand ça sera-t-il? s'informa le petit prince.

-Hem! Hem! lui répondit le roi, qui consulta d'abord un gros calendrier, hem! hem! ce sera, vers... vers... ce sera ce soir vers sept heures quarante! Et tu verras comme je suis bien obéi.

Le petit prince bâilla. Il regrettait son coucher de soleil manqué. Et puis il s'ennuyait déjà un peu:

-Je n'ai plus rien à faire ici, dit-il au roi. Je vais repartir!

-Ne pars pas, répondit le roi qui était si fier d'avoir un sujet. Ne pars pas, je te fais ministre!

-Ministre de quoi?

-De... de la justice!

-Mais il n'y a personne à juger!

-On ne sait pas, lui dit le roi. Je n'ai pas fait encore le tour de mon royaume. Je suis très vieux, je n'ai pas de place pour un carrosse, et ça me fatigue de marcher.

-Oh! Mais j'ai déjà vu, dit le petit prince qui se pencha pour jeter encore un coup d'oeil sur l'autre côté de la planète. Il n'y a personne là-bas non plus...

-Tu te jugeras donc toi-même, lui répondit le roi. C'est le plus difficile. Il est bien plus difficile de se juger soi-même que de juger autrui. Si tu réussis à bien te juger, c'est que tu es un véritable sage.

-Moi, dit le petit prince, je puis me juger moi-même n'importe où. Je n'ai pas besoin d'habiter ici.

-Hem! Hem! dit le roi, je crois bien que sur ma planète il y a quelque part un vieux rat. Je l'entends la nuit. Tu pourras juger ce vieux rat. Tu le condamneras à mort de temps en temps. Ainsi sa vie dépendra de ta justice. Mais tu le gracieras chaque fois pour économiser. Il n'y en a qu'un.

-Moi, répondit le petit prince, je n'aime pas condamner à mort, et je crois bien que je m'en vais.

-Non, dit le roi.

Mais le petit prince, ayant achevé ses préparatifs, ne voulut point peiner le vieux monarque:

-Si votre majesté désirait être obéie ponctuellement, elle pourrait me donner un ordre raisonnable. Elle pourrait m'ordonner, par exemple, de partir avant une minute. Il me semble que les conditions sont favorables...

Le roi n'ayant rien répondu, le petit prince hésita d'abord, puis, avec un soupir, pris le départ.

-Je te fais mon ambassadeur, se hâta alors de crier le roi.

Il avait un grand air d'autorité.

Les grandes personnes sont bien étranges, se dit le petit prince, en lui même, durant son voyage.

CHAPITRE XI

La seconde planète était habitée par un vaniteux:

-Ah! Ah! Voilà la visite d'un admirateur! s'écria de loin le vaniteux dès qu'il aperçut le petit prince.

Car, pour les vaniteux, les autres hommes sont des admirateurs.

-Bonjour, dit le petit prince. Vous avez un drôle de chapeau.

-C'est pour saluer, lui répondit le vaniteux. C'est pour saluer quand on m'acclame. Malheureusement il ne passe jamais personne par ici.

-Ah oui? dit le petit prince qui ne comprit pas.

-Frappe tes mains l'une contre l'autre, conseilla donc le vaniteux.

Le petit prince frappa ses mains l'une contre l'autre. Le vaniteux salua modestement en soulevant son chapeau.

-Ca c'est plus amusant que la visite du roi, se dit en lui même le petit prince. Et il recommença de frapper ses mains l'une contre l'autre. Le vaniteux recommença de saluer en soulevant son chapeau.

Après cinq minutes d'exercice le petit prince se fatigua de la monotonie du jeu:

-Et, pour que le chapeau tombe, demanda-t-il, que faut-il faire?

Mais le vaniteux ne l'entendit pas. Les vaniteux n'entendent jamais que des louanges.

-Est-ce que tu m'admires vraiment beaucoup? demanda-t-il au petit prince.

-Qu'est-ce que signifie admirer?

-Admirer signifie reconnaître que je suis l'homme le plus beau, le mieux habillé, le plus riche et le plus intelligent de la planète.

-Mais tu es seul sur ta planète!

-Fais-moi ce plaisir. Admire-moi quand-même!

-Je t'admire, dit le petit prince, en haussant un peu les épaules, mais en quoi cela peut-il bien t'intéresser?

Et le petit prince s'en fut.

Les grandes personnes sont décidément bien bizarres, se dit-il en lui-même durant son voyage.

CHAPITRE XII

La planète suivante était habitée par un buveur. Cette visite fut très courte, mais elle plongea le petit prince dans une grande mélancolie:

-Que fais-tu là? dit-il au buveur, qu'il trouva installé en silence devant une collection de bouteilles vides et une collection de bouteilles pleines.

-Je bois, répondit le buveur, d'un air lugubre.

-Pourquoi bois-tu? lui demanda le petit prince.

-Pour oublier, répondit le buveur.

-Pour oublier quoi? s'enquit le petit prince qui déjà le plaignait.

-Pour oublier que j'ai honte, avoua le buveur en baissant la tête.

-Honte de quoi? s'informa le petit prince qui désirait le secourir.

-Honte de boire! acheva le buveur qui s'enferma définitivement dans le silence.

Et le petit prince s'en fut, perplexe.

Les grandes personnes sont décidément très très bizarres, se disait-il en lui-même durant le voyage.

CHAPITRE XIII

La quatrième planète était celle du businessman. Cet homme était si occupé qu'il ne leva même pas la tête à l'arrivée du petit prince.

-Bonjour, lui dit celui-ci. Votre cigarette est éteinte.

-Trois et deux font cinq. Cinq et sept douze. Douze et trois quinze. Bonjour. Quinze et sept vingt-deux. Vingt-deux et six vingt-huit. Pas de temps de la rallumer. Vingt-six et cinq trente et un. Ouf! Ca fait donc cinq cent un millions six cent vingt-deux mille sept cent trente et un.

-Cinq cents millions de quoi?

-Hein? Tu es toujours là? Cinq cent un million de... je ne sais plus... J'ai tellement de travail! Je suis sérieux, moi, je ne m'amuse pas à des balivernes! Deux et cinq sept...

-Cinq cent millions de quoi, répéta le petit prince qui jamais de sa vie, n'avait-il renoncé à une question, une fois qu'il l'avait posée.

Le businessman leva la tête:

-Depuis cinquante-quatre ans que j'habite cette planète-ci, je n'ai été dérangé que trois fois. La première fois ç'a été, il y a vingt-deux ans, par un hanneton qui était tombé Dieu sait d'où. Il répandait un bruit épouvantable, et j'ai fait quatre erreurs dans une addition. La seconde fois ç'à été, il y a onze ans, par une crise de rhumatisme. Je suis sérieux, moi. La troisième fois... la voici! Je disais donc cinq cent un millions...

-Millions de quoi?

Le businessman comprit qu'il n'était point d'espoir de paix:

-Millions de ces petites choses que l'on voit quelquefois dans le ciel.

-Des mouches?

-Mais non, des petites choses qui brillent.

-Des abeilles?

-Mais non. Des petites choses dorées qui font rêvasser les fainéants. Mais je suis sérieux, moi! Je n'ai pas le temps de rêvasser.

-Ah! des étoiles?

-C'est bien ça. Des étoiles.

-Et que fais-tu des cinq cent millions d'étoiles?

-Cinq cent un millions six cent vingt-deux mille sept cent trente et un. Je suis un homme sérieux, moi, je suis précis.

-Et que fais-tu de ces étoiles?

-Ce que j'en fais?

-Oui.

-Rien. Je les possède.

-Tu possèdes les étoiles?

-Oui.

-Mais j'ai déjà vu un roi qui...

-Les rois ne possèdent pas. Ils "règnent" sur. C'est très différent.

-Et à quoi cela te sert-il de posséder les étoiles?

-Ca me sert à être riche.

-Et à quoi cela te sert-il d'être riche?

-A acheter d'autres étoiles, si quelqu'un en trouve.

Celui-là, se dit en lui-même le petit prince, il raisonne un peu comme mon ivrogne.

Cependant il posa encore des questions:

-Comment peut-on posséder les étoiles?

-A qui sont-elles? riposta, grincheux, le businessman.

-Je ne sais pas. A personne.

-Alors elles sont à moi, car j'y ai pensé le premier.

-Ca suffit?

-Bien sûr. Quand tu trouves un diamant qui n'est à personne, il est à toi. Quand tu trouves une île qui n'est à personne, elle est à toi. Quand tu as une idée le premier, tu la fais breveter: elle est à toi. Et moi je possède les étoiles, puisque jamais personne avant moi n'a songé à les posséder.

-Ca c'est vrai, dit le petit prince. Et qu'en fais-tu?

-Je les gère. Je les compte et je les recompte, dit le businessman. C'est difficile. Mais je suis un homme sérieux!

Le petit prince n'était pas satisfait encore.

-Moi, si je possède un foulard, je puis le mettre autour de mon cou et l'emporter. Moi, si je possède une fleur, je puis cueillir ma fleur et l'emporter. Mais tu ne peux pas cueillir les étoiles!

-Non, mais je puis les placer en banque.

-Qu'est-ce que ça veut dire?

-Ca veut dire que j'écris sur un petit papier le nombre de mes étoiles. Et puis j'enferme à clef ce papier-là dans un tiroir.

-Et c'est tout?

-Ca suffit!

C'est amusant, pensa le petit prince. C'est assez poétique. Mais ce n'est pas très sérieux.

Le petit prince avait sur les choses sérieuses des idées très différentes des idées des grandes personnes.

-Moi, dit-il encore, je possède une fleur que j'arrose tous les jours. Je possède trois volcans que je ramone toutes les semaines. Car je ramone aussi celui qui est éteint. On ne sait jamais. C'est utile à mes volcans, et c'est aussi utile à ma fleur, que je les possède. Mais tu n'est pas utile aux étoiles...

Le businessman ouvrit la bouche mais ne trouva rien à répondre, et le petit prince s'en fut. Les grandes personnes sont décidément tout à fait extraordinaires, se disait-il en lui même durant son voyage.

CHAPITRE XIV

La cinquième planète était très curieuse. C'était la plus petite de toutes. Il y avait là juste assez de place pour loger un réverbère et un allumeur de réverbères. Le petit prince ne parvenait pas à s'expliquer à quoi pouvaient servir, quelque part dans le ciel, sur une planète sans maison, ni population, un réverbère et un allumeur de réverbères. Cependant il se dit en lui-même:

- Peut-être bien que cette homme est absurde. Cependant il est moins absurde que le roi, que le vaniteux, que le businessman et que le buveur. Au moins son travail a-t-il un sens. Quand il allume son réverbère, c'est comme s'il faisait naître une étoile de plus, ou une fleur. Quand il éteint son réverbère ça endort la fleur ou l'étoile. C'est une occupation très jolie. C'est véritablement utile puisque c'est joli.

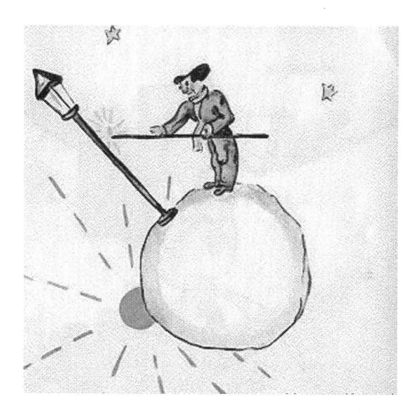

Lorsqu'il aborda la planète il salua respectueusement l'allumeur:

-Bonjour. Pourquoi viens-tu d'éteindre ton réverbère?

-C'est la consigne, répondit l'allumeur. Bonjour.

-Qu'est ce la consigne?

-C'est d'éteindre mon réverbère. Bonsoir.

Et il le ralluma.

-Mais pourquoi viens-tu de rallumer?

-C'est la consigne, répondit l'allumeur.

-Je ne comprends pas, dit le petit prince.

-Il n'y a rien à comprendre, dit l'allumeur. La consigne c'est la consigne. Bonjour.

Et il éteignit son réverbère.

Puis il s'épongea le front avec un mouchoir à carreaux rouges.

-Je fais là un travail terrible. C'était raisonnable autrefois. J'éteignais le matin et j'allumais le soir. J'avais le reste du jour pour me reposer, et le reste de la nuit pour dormir...

-Et, depuis cette époque, la consigne à changé?

-La consigne n'a pas changé, dit l'allumeur. C'est bien là le drame! la planète d'année en année a tourné de plus en plus vite, et la consigne n'a pas changé!

-Alors? dit le petit prince.

-Alors maintenant qu'elle fait un tour par minute, je n'ai plus un seconde de repos. J'allume et j'éteins une fois par minute!

-Ca c'est drôle! les jours chez toi durent une minute!

-Ce n'est pas drôle du tout, dit l'allumeur. Ca fait déjà un mois que nous parlons ensemble.

-Un mois?

-Oui. Trente minutes. Trente jours! Bonsoir.

Et il ralluma son réverbère.

Le petit prince le regarda et il aima cet allumeur qui était si fidèle à sa consigne. Il se souvint des couchers de soleil que lui-même allait autrefois chercher, en tirant sa chaise. Il voulut aider son ami:

-Tu sais... je connais un moyen de te reposer quand tu voudras...

-Je veux toujours, dit l'allumeur.

Car on peut être, à la fois, fidèle et paresseux.

Le petit prince poursuivit:

-Ta planète est tellement petite que tu en fais le tour en trois enjambées. Tu n'as qu'à marcher lentement pour rester toujours au soleil. Quand tu voudras te reposer tu marcheras... et le jour durera aussi longtemps que tu voudras.

-Ca ne m'avance pas à grand chose, dit l'allumeur. Ce que j'aime dans la vie, c'est dormir.

-Ce n'est pas de chance, dit le petit prince.

-Ce n'est pas de chance, dit l'allumeur. Bonjour.

Et il éteignit son réverbère.

Celui-là, se dit le petit prince, tandis qu'il poursuivait plus loin son voyage, celui-là serait méprisé par tous les autres, par le roi, par le vaniteux, par le buveur, par le businessman. Cependant c'est le seul qui ne me paraisse pas ridicule.

C'est, peut-être, parce qu'il s'occupe d'autre chose que de soi-même.

Il eut un soupir de regret et se dit encore:

-Celui-là est le seul dont j'eusse pu faire mon ami. Mais sa planète est vraiment trop petite. Il n'y a pas de place pour deux...

Ce que le petit prince n'osait pas s'avouer, c'est qu'il regrettait cette planète bénie à cause, surtout, des mille quatre cent quarante couchers de soleil par vingt-quatre heures!

CHAPITRE XV

La sixième planète était une planète dix fois plus vaste. Elle était habitée par un vieux Monsieur qui écrivait d'énormes livres.

-Tiens! voilà un explorateur! s'écria-t-il, quand il aperçut le petit prince.

Le petit prince s'assit sur la table et souffla un peu. Il avait déjà tant voyagé!

-D'où viens-tu? lui dit le vieux Monsieur.

-Quel est ce gros livre? dit le petit prince. Que faites-vous ici?

-Je suis géographe, dit le vieux Monsieur.

-Qu'est-ce un géographe?

-C'est un savant qui connaît où se trouvent les mers, les fleuves, les villes, les montagnes et les déserts.

-Ca c'est intéressant, dit le petit prince. Ca c'est enfin un véritable métier! Et il jeta un coup d'oeil autour de lui sur la planète du géographe. Il n'avait jamais vu encore une planète aussi majestueuse.

-Elle est bien belle, votre planète. Est-ce qu'il y a des océans?

-Je ne puis pas le savoir, dit le géographe.

-Ah! (Le petit prince était déçu.) Et des montagnes?

-Je ne puis pas le savoir, dit le géographe.

-Et des villes et des fleuves et des déserts?

-Je ne puis pas le savoir non plus, dit le géographe.

-Mais vous êtes géographe!

-C'est exact, dit le géographe, mais je ne suis pas explorateur. Je manque absolument d'explorateurs. Ce n'est pas le géographe qui va faire le compte des villes, des fleuves, des montagnes, des mers et des océans. La géographe est trop important pour flâner. Il ne quitte pas son bureau. Mais il reçoit les explorateurs. Il les interroge, et il prend note leurs souvenirs. Et si les souvenirs de l'un d'entre eux lui paraissent intéressants, le géographe fait une enquête sur la moralité de l'explorateur.

-Pourquoi ça?

-Parce qu'un explorateur qui mentait entraînerait des catastrophes dans les livres de géographie. Et aussi un explorateur qui boirait trop.

-Pourquoi ça? fit le petit prince.

-Parce que les ivrognes voient double. Alors le géographe noterait deux montagnes, là où il n'y en a qu'un seule.

-Je connais quelqu'un, dit le petit prince, qui serait mauvais explorateur.

-C'est possible. Donc, quand la moralité de l'explorateur paraît bonne, on fait une enquête sur sa découverte.

-On va voir?

-Non. C'est trop compliqué. Mais on exige de l'explorateur qu'il fournisse de preuves. Si'il s'agit par example de la découverte d'une grosse montagne, on exige qu'il en rapporte de grosses pierres.

Le géographe soudain s'émut.

-Mais toi, tu viens de loin! Tu es explorateur! Tu vas me décrire ta planète!

Et le géographe, ayant ouvert son registre, tailla son crayon. On note d'abord au crayon les récits des explorateurs. On attend, pour noter à l'encre, que l'explorateur ait fourni des preuves.

-Alors? interrogea le géographe.

-Oh! chez moi, dit le petit prince, ce n'est pas très intéressant, c'est tout petit. J'ai trois volcans. Deux volcans en activité, et un volcan éteint. Mais on ne sait jamais.

-On ne sait jamais, dit le géographe.

-J'ai aussi une fleur.

-Nous ne notons pas les fleurs, dit le géographe.

-Pourquoi ça! c'est pas joli!

-Parce que les fleurs sont éphémères.

-Qu'est ce que signifie: "éphémère"?

-Les géographies, dit le géographe, sont les livres les plus précieux de tous les livres. Elles ne se démodent jamais. Il est rare qu'une montagne change de place. Il est très rare qu'un océan se vide de son eau. Nous écrivons des choses éternelles.

-Mais les volcans éteints peuvent se réveiller, interrompit le petit prince. Qu'est -ce que signifie "éphémère"?

-Que les volcans soient éteints ou soient éveillés, ça revient au même pour nous autres, dit le géographe. Ce qui compte pour nous, c'est la montagne. Elle ne change pas.

-Mais qu'est-ce que signifie "éphémère"? répéta le petit prince qui, de sa vie, n'avait renoncé à une question, une fois qu'il l'avait posée.

-Ca signifie "qui est menacé de disparition prochaine".

-Ma fleur est menacée de disparition prochaine?

-Bien sûr.

Ma fleur est éphémère, se dit le petit prince, et elle n'a que quatre épines pour se défendre contre le monde! Et je l'ai laissée toute seule chez moi!

Ce fut là son premier mouvement de regret. Mais il reprit courage:

-Que me conseillez-vous d'aller visiter? demanda-t-il.

-La planète Terre, lui répondit le géographe. Elle a une bonne réputation...

Et le peti prince s'en fut, songeant à sa fleur.

CHAPITRE XVI

La septième planète fut donc la Terre.

La Terre n'est pas une planète quelconque! On y compte cent onze rois (en n'oubliant pas, bien sûr, les rois nègres), sept mille géographes, neuf cent mille businessmen, sept millions et demi d'ivrognes, trois cent deux milliards de grandes personnes.

Pour vous donner une idée des dimensions de la Terre je vous dirai qu'avant l'invention de l'électricité on y devait entretenir, sur l'ensemble des six continents, une véritable armée de quatre cent soixante-deux mille cinq cent onze allumeurs de réverbères.

Vu d'un peu loin ça faisait un effet splendide. Les mouvements de cette armée étaient réglés comme ceux d'un ballet d'opéra. D'abord venait le tour des allumeurs de réverbères de Nouvelle-Zélande et d'Australie. Puis ceux-ci, ayant allumé leurs lampions, s'en allaient dormir. Alors entraient à leur tour dans la danse les allumeurs de réverbères de Chine et de Sibérie. Puis eux aussi s'escamotaient dans les coulisses. Alors venait le tour des allumeurs de réverbères de Russie et des Indes. Puis de ceux d'Afrique et d'Europe. Puis de ceux d'Amérique de Sud. Puis de ceux d'Amérique de Nord. Et jamais ils ne se trompaient dans leur ordre d'entrée en scène. C'était grandiose.

Seuls, l'allumeur de l'unique réverbère de pôle Nord, et son confrère de l'unique réverbère du pôle Sud, menaient des vies d'oisiveté et de nonchalance: Ils travaillaient deux fois par an.

CHAPITRE XVII

Quand on veut faire de l'esprit, il arrive que l'on mente un peu. Je n'ai pas été très honnête en vous parlant des allumeurs de réverbères. Je risque de donner une fausse idée de notre planète à ceux qui ne la connaissent pas. Les hommes occupent très peu de place sur la terre. Si les deux milliards d'habitants qui peuplent la terre se tenaient debout et un peu serrés, comme pour un meeting, ils logeraient aisément sur une place publique de vingt milles de long sur vingt milles de large. On pourrait entasser l'humanité sur le moindre petit îlot du Pacifique.

Les grandes personnes, bien sûr, ne vous croiront pas. Elles s'imaginent tenir beaucoup de place. Elles se voient importantes comme les baobabs. Vous leur conseillerez donc de faire le calcul. Elles adorent les chiffres: ça leur plaira. Mais ne perdez pas votre temps à ce pensum. C'est inutile. Vous avez confiance en moi.

Le petit prince, une fois sur terre, fut bien surpris de ne voir personne. Il avait déjà peur de s'être trompé de planète, quand un anneau couleur de lune remua dans le sable.

-Bonne nuit, fit le petit prince à tout hasard.

-Bonne nuit fit le serpent.

-Sur quelle planète suis-je tombé? demanda le petit prince.

-Sur la Terre, en Afrique, répondit le serpent.

-Ah!... Il n'y a donc personne sur la Terre?

-Ici c'est le désert. Il n'y a personne dans les déserts. La Terre est grande, dit le serpent.

Le petit prince s'assit sur une pierre et leva les yeux vers le ciel:

-Je me demande, dit-il, si les étoiles sont éclairées afin que chacun puisse un jour retrouver la sienne. Regarde ma planète. Elle est juste au-dessus de nous... Mais comme elle est loin!

-Elle est belle, dit le serpent. Que viens-tu faire ici?

-J'ai des difficultés avec une fleur, dit le petit prince.

-Ah! fit le serpent.

Et ils se turent.

-Où sont les hommes? reprit enfin le petit prince. On est un peu seul dans le désert...

-On est seul aussi chez les hommes, dit le serpent.

Le petit prince le regarda longtemps:

-Tu es un drôle de bête, lui dit-il enfin, mince comme un doigt...

-Mais je suis plus puissant que le doigt d'un roi, dit le serpent.

Le petit prince eut un sourire:

-Tu n'est pas bien puissant... tu n'as même pas de pattes... tu ne peux même pas voyager...

-Je puis t'emporter plus loin qu'un navire, dit le serpent.

Il s'enroula autour de la cheville du petit prince, comme un bracelet d'or:

-Celui que je touche, je rends à la terre dont il est sorti, dit-il encore. Mais tu es pur et tu viens d'une étoile...

Le petit prince ne répondit rien.

-Tu me fais pitié, toi si faible, sur cette Terre de granit. Je puis t'aider un jour si tu regrettes trop ta planète. Je puis...

-Oh! J'ai très bien compris, fit le petit prince, mais pourquoi parles-tu toujours par énigmes?

-Je les résous toutes, dit le serpent.

Et ils se turent.

CHAPITRE XVIII

Le petit prince traversa le désert et ne rencontra qu'une fleur. Une fleur à trois pétales, une fleur de rien du tout...

-Bonjour, dit le petit prince.

-Bonjour, dit la fleur.

-Où sont les hommes? demanda poliment le petit prince.

La fleur, un jour, avait vu passer une caravane:

-Les hommes? Il en existe, je crois, six ou sept. Je les ai aperçus il y a des années. Mais on ne sait jamais où les trouver. Le vent les promène. Ils manquent de racines, ça les gêne beaucoup.

-Adieu, fit le petit prince.

-Adieu, dit la fleur.

CHAPITRE XIX

Le petit prince fit l'ascension d'une haute montagne. Les seules montagnes qu'il eût jamais connues étaient les trois volcans qui lui arrivaient au genou. Et il se servait du volcan éteint comme d'un tabouret. "D'une montagne haute comme celle-ci, se dit-il donc, j'apercevrai d'un coup toute la planète et tous les hommes..." Mais il n'aperçut rien que des aiguilles de roc bien aiguisées.

-Bonjour, dit-il à tout hasard.

-Bonjour... Bonjour... Bonjour... répondit l'écho.

-Qui êtes-vous? dit le petit prince.

-Qui êtes-vous... qui êtes-vous... qui êtes-vous... répondit l'écho.

-Soyez mes amis, je suis seul, dit-il.

-Je suis seul... je suis seul... Je suis seul... répondit l'écho.

"Quelle drôle de planète! pensa-t-il alors. Elle est toute sèche, et toute pointue et toute salée.

Et les hommes manquent d'imagination. Ils répètent ce qu'on leur dit... Chez moi j'avais une fleur: elle parlait toujours la première..."

CHAPITRE XX

Mais il arriva que le petit prince, ayant longtemps marché à travers les sables, les rocs et les neiges, découvrit enfin une route. Et les routes vont toutes chez les hommes.

-Bonjour, dit-il.

C'était un jardin fleuri de roses.

-Bonjour, dirent les roses.

Le petit prince les regarda. Elles ressemblaient toutes à sa fleur.

-Qui êtes-vous? leur demanda-t-il, stupéfait.

-Nous sommes des roses, dirent les roses.

-Ah! fit le petit prince...

Et il se sentit très malheureux. Sa fleur lui avait raconté qu'elle était seule de son espèce dans l'univers. Et voici qu'il en était cinq mille, toutes semblables, dans un seul jardin!

"Elle serait bien vexée, se dit-il, si elle voyait ça... elle tousserait énormément et ferait semblant de mourir pour échapper au ridicule. Et je serais bien obligé de faire semblant de la soigner, car, sinon, pour m'humilier moi aussi, elle se laisserait vraiment mourir..."

Puis il se dit encore: "Je me croyais riche d'une fleur unique, et je ne possède qu'une rose ordinaire. Ca et mes trois volcans qui m'arrivent au genou, et dont l'un, peut-être, est éteint pour toujours, ça ne fais pas de moi un bien grand prince..." Et, couché dans l'herbe, il pleura.

CHAPITRE XXI

C'est alors qu'apparut le renard.

-Bonjour, dit le renard.

-Bonjour, répondit poliment le petit prince, qui se tourna mais ne vit rien.

-Je suis là, dit la voix, sous le pommier.

-Qui es-tu? dit le petit prince. Tu es bien joli...

-Je suis un renard, dit le renard.

-Viens jouer avec moi, lui proposa le petit prince. Je suis tellement triste...

-Je ne puis pas jouer avec toi, dit le renard. Je ne suis pas apprivoisé.

-Ah! Pardon, fit le petit prince.

Mais après réflexion, il ajouta :

-Qu'est-ce que signifie "apprivoiser"?

-Tu n'es pas d'ici, dit le renard, que cherches-tu?

-Je cherche les hommes, dit le petit prince. Qu'est-ce que signifie "apprivoiser"?

-Les hommes, dit le renard, ils ont des fusils et ils chassent. C'est bien gênant! Il élèvent aussi des poules. C'est leur seul intérêt. Tu cherches des poules?

-Non, dit le petit prince. Je cherche des amis. Qu'est-ce que signifie "apprivoiser"?

-C'est une chose trop oubliée, dit le renard. Ca signifie "Créer des liens..."

-Créer des liens?

-Bien sûr, dit le renard. Tu n'es encore pour moi qu'un petit garçon tout semblable à cent mille petits garçons. Et je n'ai pas besoin de toi. Et tu n'a pas besoin de moi non plus. Je ne suis pour toi qu'un renard semblable à cent mille renards. Mais, si tu m'apprivoises, nous aurons besoin l'un de l'autre. Tu seras pour moi unique au monde. Je serai pour toi unique au monde...

-Je commence à comprendre, dit le petit prince. Il y a une fleur... je crois qu'elle m'a apprivoisé...

-C'est possible, dit le renard. On voit sur la Terre toutes sortes de choses...

-Oh! ce n'est pas sur la Terre, dit le petit prince. Le renard parut très intrigué :

-Sur une autre planète ?

-Oui.

-Il y a des chasseurs sur cette planète-là ?

-Non.

-Ca, c'est intéressant! Et des poules ?

-Non.

-Rien n'est parfait, soupira le renard.

Mais le renard revint à son idée :

-Ma vie est monotone. Je chasse les poules, les hommes me chassent. Toutes les poules se ressemblent, et tous les hommes se ressemblent. Je m'ennuie donc un peu. Mais si tu m'apprivoises, ma vie sera comme ensoleillée. Je connaîtrai un bruit de pas qui sera différent de tous les autres. Les autres pas me font rentrer sous terre. Le tien m'appellera hors du terrier, comme une musique. Et puis regarde! Tu vois, là-bas, les champs de blé? Je ne mange pas de pain. Le blé pour moi est inutile. Les champs de blé ne me rappellent rien. Et ça, c'est triste! Mais tu a des cheveux couleur d'or. Alors ce sera merveilleux quand tu m'aura apprivoisé! Le blé, qui est doré, me fera souvenir de toi. Et j'aimerai le bruit du vent dans le blé...

Le renard se tut et regarda longtemps le petit prince :

-S'il te plaît... apprivoise-moi! dit-il.

-Je veux bien, répondit le petit prince, mais je n'ai pas beaucoup de temps. J'ai des amis à découvrir et beaucoup de choses à connaître.

-On ne connaît que les choses que l'on apprivoise, dit le renard. Les hommes n'ont plus le temps de rien connaître. Il achètent des choses toutes faites chez les marchands. Mais comme il n'existe point de marchands d'amis, les hommes n'ont plus d'amis. Si tu veux un ami, apprivoise-moi!

-Que faut-il faire? dit le petit prince.

-Il faut être très patient, répondit le renard. Tu t'assoiras d'abord un peu loin de moi, comme ça, dans l'herbe. Je te regarderai du coin de l'oeil et tu ne diras rien. Le langage est source de malentendus. Mais, chaque jour, tu pourras t'asseoir un peu plus près...

Le lendemain revint le petit prince.

-Il eût mieux valu revenir à la même heure, dit le renard. Si tu viens, par exemple, à quatre heures de l'après-midi, dès trois heures je commencerai d'être heureux. Plus l'heure avancera, plus je me sentirai heureux. À quatre heures, déjà, je m'agiterai et m'inquiéterai; je découvrira le prix du bonheur! Mais si tu viens n'importe quand, je ne saurai jamais à quelle heure m'habiller le coeur... il faut des rites.

-Qu'est-ce qu'un rite? dit le petit prince.

-C'est quelque chose trop oublié, dit le renard. C'est ce qui fait qu'un jour est différent des autres jours, une heure, des autres heures. Il y a un rite, par exemple, chez mes chasseurs. Ils dansent le jeudi avec les filles du village. Alors le jeudi est jour merveilleux! Je vais me promener jusqu'à la vigne. Si les chasseurs dansaient n'importe quand, les jours se ressembleraient tous, et je n'aurais point de vacances.

Ainsi le petit prince apprivoisa le renard. Et quand l'heure du départ fut proche :

-Ah! dit le renard... je pleurerai.

-C'est ta faute, dit le petit prince, je ne te souhaitais point de mal, mais tu as voulu que je t'apprivoise...

-Bien sûr, dit le renard.

-Mais tu vas pleurer! dit le petit prince.

-Bien sûr, dit le renard.

-Alors tu n'y gagnes rien!

-J'y gagne, dit le renard, à cause de la couleur du blé.

Puis il ajouta :

-Va revoir les roses. Tu comprendras que la tienne est unique au monde. Tu reviendras me dire adieu, et je te ferai cadeau d'un secret.

Le petit prince s'en fut revoir les roses.

-Vous n'êtes pas du tout semblables à ma rose, vous n'êtes rien encore, leur dit-il. Personne ne vous a apprivoisé et vous n'avez apprivoisé personne. Vous êtes comme était mon renard. Ce n'était qu'un renard semblable à cent mille autres. Mais j'en ai fait mon ami, et il est maintenant unique au monde.

Et les roses étaient gênées.

-Vous êtes belles mais vous êtes vides, leur dit-il encore. On ne peut pas mourir pour vous. Bien sûr, ma rose à moi, un passant ordinaire croirait qu'elle vous ressemble. Mais à elle seule elle est plus importante que vous toutes, puisque c'est elle que j'ai arrosée. Puisque c'est elle que j'ai abritée par le paravent. Puisque c'est elle dont j'ai tué les chenilles (sauf les deux ou trois pour les papillons). Puisque c'est elle que j'ai écoutée se plaindre, ou se vanter, ou même quelquefois se taire. Puisque c'est ma rose.

Et il revint vers le renard :

-Adieu, dit-il...

-Adieu, dit le renard. Voici mon secret. Il est très simple : on ne voit bien qu'avec le coeur. L'essentiel est invisible pour les yeux.

-L'essentiel est invisible pour les yeux, répéta le petit prince, afin de se souvenir.

-C'est le temps que tu a perdu pour ta rose qui fait ta rose si importante.

-C'est le temps que j'ai perdu pour ma rose... fit le petit prince, afin de se souvenir.

-Les hommes on oublié cette vérité, dit le renard. Mais tu ne dois pas l'oublier. Tu deviens responsable pour toujours de ce que tu as apprivoisé. Tu es responsable de ta rose...

-Je suis responsable de ma rose... répéta le petit prince, afin de se souvenir.

CHAPITRE XXII

-Bonjour, dit le petit prince.

-Bonjour, dit l'aiguilleur.

-Que fais-tu ici? dit le petit prince.

-Je trie les voyageurs, par paquets de mille, dit l'aiguilleur. J'expédie les trains qui les emportent, tantôt vers la droite, tantôt vers la gauche.

Et un rapide illuminé, grondant comme le tonnerre, fit trembler la cabine d'aiguillage.

-Ils sont bien pressés, dit le petit prince. Que cherchent-ils?

-L'homme de la locomotive l'ignore lui-même, dit l'aiguilleur.

Et gronda, en sens inverse, un second rapide illuminé.

-Ils reviennent déjà? demanda le petit prince...

-Ce ne sont pas les mêmes, dit l'aiguilleur. C'est un échange.

-Ils n'étaient pas contents, là où ils étaient?

-On n'est jamais content là où on est, dit l'aiguilleur.

Et gronda le tonnerre d'un troisième rapide illuminé.

-Ils poursuivent les premiers voyageur demanda le petit prince.

-Ils ne poursuivent rien du tout, dit l'aiguilleur. Ils dorment là-dedans, ou bien ils bâillent. Les enfants seuls écrasent leur nez contre les vitres.

-Les enfants seuls savent ce qu'ils cherchent, fit le petit prince. Ils perdent du temps pour une poupée de chiffons, et elle devient très importante, et si on la leur enlève, ils pleurent...

-Ils ont de la chance, dit l'aiguilleur.

CHAPITRE XXIII

-Bonjour, dit le petit prince.

-Bonjour, dit le marchand de pilules perfectionnées qui apaisent la soif. On en avale une par semaine et l'on n'éprouve plus le besoin de boire.

-Pourquoi vends-tu ça? dit le petit prince.

-C'est une grosse économie de temps, dit le marchand. Les experts ont fait des calculs. On épargne cinquante-trois minutes par semaine.

-Et que fait-on des cinquante-trois minutes?

-On fait ce que l'on veut...

"Moi, se dit le petit prince, si j'avais cinquante-trois minutes à dépenser, je marcherais tout doucement vers une fontaine..."

CHAPITRE XXIV

Nous en étions au huitième jour de ma panne dans le désert, et j'avais écouté l'histoire du marchand en buvant la dernière goutte de ma provision d'eau:

-Ah! dis-je au petit prince, ils sont bien jolis, tes souvenirs, mais je n'ai pas encore réparé mon avion, je n'ai plus rien à boire, et je serais heureux, moi aussi, si je pouvais marcher tout doucement vers une fontaine!

-Mon ami le renard, me dit-il...

-Mon petit bonhomme, il ne s'agit plus du renard!

-Pourquoi?

-Parce qu'on va mourir de soif...

Il ne comprit pas mon raisonnement, il me répondit:

-C'est bien d'avoir eu un ami, même si l'on va mourir. Moi, je suis bien content d'avoir eu un ami renard...

Il ne mesure pas le danger, me dis-je. Il n'a jamais ni faim ni soif. Un peu de soleil lui suffit...

Mais il me regarda et répondit à ma pensée:

-J'ai soif aussi... cherchons un puits...

J'eus un geste de lassitude: il est absurde de chercher un puits, au hasard, dans l'immensité du désert. Cependant nous nous mîmes en marche.

Quand nous eûmes marché, des heures, en silence, la nuit tomba, et les étoiles commencèrent de s'éclairer. Je les apercevais comme dans un rêve, ayant un peu de fièvre, à cause de ma soif. Les mots du petit prince dansaient dans ma mémoire:

-Tu as donc soif aussi? lui demandai-je.

Mais il ne répondit pas à ma question. Il me dit simplement:

-L'eau peut aussi être bonne pour le coeur...

Je ne compris pas sa réponse mais je me tus... Je savais bien qu'il ne fallait pas l'interroger.

Il était fatigué. Il s'assit. Je m'assis auprès de lui. Et, après un silence, il dit encore:

-Les étoiles sont belles, à cause d'une fleur que l'on ne voit pas...

Je répondis "bien sûr" et je regardai, sans parler, les plis du sable sous la lune.

-Le désert est beau, ajouta-t-il...

Et c'était vrai. J'ai toujours aimé le désert. On s'assoit sur une dune de sable. On ne voit rien. On n'entend rien. Et cependant quelque chose rayonne en silence...

-Ce qui embellit le désert, dit le petit prince, c'est qu'il cache un puits quelque part...

Je fus surpris de comprendre soudain ce mystérieux rayonnement du sable. Lorsque j'étais petit garçon j'habitais une maison ancienne, et la légende racontait qu'un trésor y était enfoui. Bien sûr, jamais personne n'a su le découvrir, ni peut-être même ne l'a cherché. Mais il enchantait toute cette maison. Ma maison cachait un secret au fond de son coeur...

-Oui, dis-je au petit prince, qu'il s'agisse de la maison, des étoiles ou du désert, ce qui fait leur beauté est invisible!

-Je suis content, dit-il, que tu sois d'accord avec mon renard.

Comme le petit prince s'endormait, je le pris dans mes bras, et me remis en route. J'étais ému. Il me semblait porter un trésor fragile. Il me semblait même qu'il n'y eût rien de plus fragile sur la Terre. Je regardais, à la lumière de la lune, ce front pâle, ces yeux clos, ces mèches de cheveux qui tremblaient au vent, et je me disais: ce que je vois là n'est qu'une écorce. Le plus important est invisible...

Comme ses lèvres entr'ouvertes ébauchaient un demi-sourire je me dis encore: "Ce qui m'émeut si fort de ce petit prince endormi, c'est sa fidélité pour une fleur, c'est l'image d'une rose qui rayonne en lui comme la flamme d'une lampe, même quand il dort..." Et je le devinai plus fragile encore. Il faut bien protéger les lampes: un coup de vent peut les éteindre...

Et, marchant ainsi, je découvris le puits au lever du jour.

CHAPITRE XXV

-Les hommes, dit le petit prince, ils s'enfoncent dans les rapides, mais ils ne savent plus ce qu'ils cherchent. Alors ils s'agitent et tournent en rond...

Et il ajouta:

-Ce n'est pas la peine...

Le puits que nous avions atteint ne ressemblait pas aux autres puits sahariens. Les puits sahariens sont de simples trous creusés dans le sable. Celui-là ressemblait à un puits de village. Mais il n'y avait là aucun village, et je croyais rêver.

-C'est étrange, dis-je au petit prince, tout est prêt: la poulie, le seau et la corde...

Il rit, toucha la corde, fit jouer la poulie. Et la poulie gémit comme une vieille girouette quand le vent a longtemps dormi.

-Tu entends, dit le petit prince, nous réveillons ce puits et il chante...

Je ne voulais pas qu'il fît un effort:

-Laisse-moi faire, lui dis-je, c'est trop lourd pour toi.

Lentement je hissai la seau jusqu'à la margelle. Je l'y installai bien d'aplomb. Dans mes oreilles durait le chant de la poulie et, dans l'eau qui tremblait encore, je voyais trembler le soleil.

-J'ai soif de cette eau-là, dit le petit prince, donne-moi à boire...

Et je compris ce qu'il avait cherché!

Je soulevai le seau jusqu'à ses lèvres. Il but, les yeux fermés. C'était doux comme une fête. Elle était née de la marche sous les étoiles, du chant de la poulie, de l'effort de mes bras. Elle était bonne pour le coeur, comme un cadeau. Lorsque j'étais petit garçon, la lumière de l'arbre de Noël, la musique de la messe de minuit, la douceur des sourires faisaient ainsi tout le rayonnement du cadeau de Noël que je recevais.

-Les hommes de chez toi, dit le petit prince, cultivent cinq mille roses dans le même jardin... et ils n'y trouvent pas ce qu'ils cherchent...

-Ils ne le trouvent pas, répondis-je...

-Et cependant ce qu'ils cherchent pourrait être trouvé dans une seule rose ou un peu d'eau...

Et le petit prince ajouta:

-Mais les yeux sont aveugles. Il faut chercher avec le coeur.

J'avais bu. Je respirais bien. Le sable, au lever du jour, est couleur de miel. J'étais heureux aussi de cette couleur de miel. Pourquoi fallait-il que j'eusse de la peine...

-Il faut que tu tiennes ta promesse, me dit doucement le petit prince, qui, de nouveau, s'était assis auprès de moi.

-Quelle promesse?

-Tu sais... une muselière pour mon mouton... je suis responsable de cette fleur!

Je sortis de ma poche mes ébauches de dessin. Le petit prince les aperçut et dit en riant:

-Tes baobabs, ils ressemblent un peu à des choux...

-Oh!

Moi qui étais si fier des baobabs!

-Ton renard... ses oreilles... elles ressemblent un peu à des cornes... et elles sont trop longues!

Et il rit encore.

-Tu es injuste, petit bonhomme, je ne savais rien dessiner que les boas fermés et les boas ouverts.

-Oh! ça ira, dit-il, les enfants savent.

Je crayonnai donc une muselière. Et j'eus le coeur serré en la lui donnant:

-Tu as des projets que j'ignore...

Mais il ne me répondit pas. Il me dit:

-Tu sais, ma chute sur la Terre... c'en sera demain l'anniversaire...

Puis après un silence il dit encore:

-J'étais tombé tout près d'ici...

Et il rougit.

Et de nouveau, sans comprendre pourquoi, j'éprouvai un chagrin bizarre. Cependant une question me vint:

-Alors ce n'est pas par hasard que, le matin où je t'ai connu, il y a huit jours, tu te promenais comme ça, tout seul, à mille milles de toutes régions habitées! Tu retournais vers le point de ta chute?

Le petit prince rougit de nouveau. Il ne répondait jamais aux questions, mais, quand on rougit, ça signifie "oui", n'est-ce pas?

-Ah! lui dis-je, j'ai peur...

Mais il me répondit:

-Tu dois maintenant travailler. Tu dois repartir vers ta machine. Je t'attends ici. Reviens demain soir...

Mais je n'étais pas rassuré. Je me souvenais du renard. On risque de pleurer un peu si l'on s'est laissé apprivoiser...

CHAPITRE XXVI

Il y avait, à côté du puits, une ruine de vieux mur de pierre. Lorsque je revins de mon travail, le lendemain soir, j'aperçus de loin mon petit prince assis là-haut, les jambes pendantes. Et je l'entendis qui parlait:

-Tu ne t'en souviens donc pas? disait-il. Ce n'est pas tout à fait ici!

Une autre voix lui répondit sans doute, puisqu'il répliqua:

-Si! Si! c'est bien le jour, mais ce n'est pas ici l'endroit...

Je poursuivis ma marche vers le mur. Je ne voyais ni entendais toujours personne. Pourtant le petit prince répliqua de nouveau:

-... Bien sûr. Tu verras où commence ma trace dans le sable. Tu n'as qu'à m'y attendre. J'y serai cette nuit...

J'étais à vingt mètres du mur et je ne voyais toujours rien.

Le petit prince dit encore, après un silence:

-Tu as du bon venin? Tu es sûr de ne pas me faire souffrir longtemps?

Je fis halte, le coeur serré, mais je ne comprenais toujours pas.

-Maintenant va-t'en, dit-il... je veux redescendre!

Alors j'abaissai moi-même les yeux vers le pied du mur, et je fis un bond! Il était là, dressé vers le petit prince, un de ces serpents jaunes qui vous exécutent en trente secondes. Tout en fouillant ma poche pour en tirer mon révolver, je pris le pas de course, mais, au bruit que je fis, le serpent se laissa doucement couler dans le sable, comme un jet d'eau qui meurt, et, sans trop se presser, se faufila entre les pierres avec un léger bruit de métal.

Je parvins au mur juste à temps pour y recevoir dans les bras mon petit bonhomme de prince, pâle comme la neige.

-Quelle est cette histoire-là! Tu parles maintenant avec les serpents!

J'avais défait son éternel cache-nez d'or. Je lui avait mouillé les tempes et l'avais fait boire. Et maintenant je n'osais plus rien lui demander. Il me regarda gravement et m'entoura le cou de ses bras. Je sentais battre son coeur comme celui d'un oiseau qui meurt, quand on l'a tiré à la carabine. Il me dit:

-Je suis content que tu aies trouvé ce qui manquait à ta machine. Tu vas pouvoir rentrer chez toi...

-Comment sais-tu?

Je venais justement lui annoncer que, contre toute espérance, j'avais réussi mon travail!

Il ne répondit rien à ma question, mais il ajouta:

-Moi aussi, aujourd'hui, je rentre chez moi...

Puis, mélancolique:

-C'est bien plus loin... c'est bien plus difficile...

Je sentais bien qu'il se passait quelque chose d'extraordinaire. Je le serrais dans mes bras comme un petit enfant, et cependant il me semblait qu'il coulait verticalement dans un abîme sans que je pusse rien pour le retenir...

Il avait le regard sérieux, perdu très loin:

-J'ai ton mouton. Et j'ai la caisse pour le mouton. Et j'ai la muselière...

Et il sourit avec mélancolie.

J'attendis longtemps. Je sentais qu'il se réchauffait peu à peu:

-Petit bonhomme, tu as peur...

Il avait eu peur, bien sûr! Mais il rit doucement:

-J'aurai bien plus peur ce soir...

De nouveau je me sentis glacé par le sentiment de l'irréparable. Et je compris que je ne supportais pas l'idée de ne plus jamais entendre ce rire. C'était pour moi comme une fontaine dans le désert.

-Petit bonhomme, je veux encore t'entendre rire...

Mais il me dit:

-Cette nuit, ça fera un an. Mon étoile se trouvera juste au-dessus de l'endroit où je suis tombé l'année dernière...

-Petit bonhomme, n'est-ce pas que c'est un mauvais rêve cette histoire de serpent et de rendez-vous et d'étoile...

Mais il ne répondit pas à ma question. Il me dit:

-Ce qui est important, ça ne se voit pas...

-Bien sûr...

-C'est comme pour la fleur. Si tu aimes une fleur qui se trouve dans une étoile, c'est doux, la nuit, de regarder le ciel. Toutes les étoiles sont fleuries.

C'est comme pour l'eau. Celle que tu m'as donnée à boire était comme un musique, à cause de la poulie et de la corde... tu te rappelles... elle était bonne.

-Bien sûr...

-Tu regarderas, la nuit, les étoiles. C'est trop petit chez moi pour que je te montre où se trouve la mienne. C'est mieux comme ça. Mon étoile, ça sera pour toi une des étoiles. Alors, toutes les étoiles, tu aimeras les regarder... Elles seront toutes tes amies. Et puis je vais te faire un cadeau...

Il rit encore.

-Ah! petit bonhomme, petit bonhomme j'aime entendre ce rire!

-Justement ce sera mon cadeau... ce sera comme pour l'eau...

-Que veux-tu dire?

-Les gens ont des étoiles qui ne sont pas les mêmes. Pour les uns, qui voyagent, les étoiles sont des guides. Pour d'autres elles ne sont rien que de petites lumières. Pour d'autres qui sont savants elles sont des problèmes. Pour mon businessman elles étaient de l'or. Mais toutes ces étoiles-là elles se taisent. Toi, tu auras des étoiles comme personne n'en a...

-Que veux-tu dire?

-Quand tu regarderas le ciel, la nuit, puisque j'habiterai dans l'une d'elles, puisque je rirai dans l'une d'elles, alors ce sera pour toi comme si riaient toutes les étoiles. Tu auras, toi, des étoiles qui savent rire!

Et il rit encore.

-Et quand tu seras consolé (on se console toujours) tu seras
content de m'avoir connu. Tu seras toujours mon ami. Tu
auras envie de rire avec moi. Et tu ouvriras parfois ta
fenêtre, comme ça, pour le plaisir... Et tes amis seront bien
étonnés de te voir rire en regardant le ciel. Alors tu leur
diras: "Oui, les étoiles, ça me fait toujours rire!" Et ils te
croiront fou. Je t'aurai joué un bien vilain tour...

Et il rit encore.

-Ce sera comme si je t'avais donné, au lieu d'étoiles, des tas
de petits grelots qui savent rire...

Et il rit encore. Puis il redevint sérieux:

-Cette nuit... tu sais... ne viens pas.

-Je ne te quitterai pas.

-J'aurai l'air d'avoir mal... j'aurai un peu l'air de mourir.
C'est comme ça. Ne viens pas voir ça, ce n'est pas la peine...

-Je ne te quitterai pas.

Mais il était soucieux.

-Je te dis ça... c'est à cause aussi du serpent. Il ne faut pas
qu'il te morde... Les serpents, c'est méchant. Ca peut
mordre pour le plaisir...

-Je ne te quitterai pas.

Mais quelque chose le rassura:

-C'est vrai qu'ils n'ont pas le venin pour la seconde morsure...

Cette nuit-là je ne le vis pas se mettre en route. Il s'était évadé sans bruit. Quand je réussis à le joindre il marchait décidé, d'un pas rapide. Il me dit seulement:

-Ah! tu es là...

Et il me prit par la main. Mais il se tourmenta encore:

-Tu as eu tort. Tu auras de la peine. J'aurai l'air d'être mort et ce ne sera pas vrai...

Moi je me taisais.

-Tu comprends. C'est trop loin. Je ne peux pas emporter ce corps-là. C'est trop lourd.

Moi je me taisais.

-Mais ce sera comme une vieille écorce abandonnée. Ce n'est pas triste les vieilles écorces...

Moi je me taisais.

Il se découragea un peu. Mais il fit encore un effort:

-Ce sera gentil, tu sais. Moi aussi je regarderai les étoiles. Toutes les étoiles seront des puits avec une poulie rouillée. Toutes les étoiles me verseront à boire...

Moi je me taisais.

-Ce sera tellement amusant! Tu auras cinq cents millions de grelots, j'aurai cinq cent millions de fontaines...

Et il se tut aussi, parce qu'il pleurait...

-C'est là. Laisse moi faire un pas tout seul.

Et il s'assit parce qu'il avait peur.

Il dit encore:

-Tu sais... ma fleur... j'en suis responsable! Et elle est tellement faible! Et elle est tellement naïve. Elle a quatre épines de rien du tout pour la protéger contre le monde...

Moi je m'assis parce que je ne pouvais plus me tenir debout. Il dit:

-Voilà... C'est tout...

Il hésita encore un peu, puis se releva. Il fit un pas. Moi je ne pouvais pas bouger.

Il n'y eut rien qu'un éclair jaune près de sa cheville. Il demeura un instant immobile. Il ne cria pas. Il tomba doucement comme tombe un arbre. Ca ne fit même pas de bruit, à cause du sable.

CHAPITRE XXVII

Et maintenant, bien sûr, ça fait six ans déjà... Je n'ai jamais encore raconté cette histoire. Les camarades qui m'ont revu ont été bien contents de me revoir vivant. J'étais triste mais je leur disais: C'est la fatigue...

Maintenant je me suis un peu consolé. C'est à dire... pas tout à fait. Mais je sais bien qu'il est revenu à sa planète, car, au lever du jour, je n'ai pas retrouvé son corps. Ce n'était pas un corps tellement lourd... Et j'aime la nuit écouter les étoiles. C'est comme cinq cent millions de grelots...

Mais voilà qu'il passe quelque chose d'extraordinaire. La muselière que j'ai dessinée pour le petit prince, j'ai oublié d'y ajouter la courroie de cuir! Il n'aura jamais pu l'attacher au mouton. Alors je me demande: "Que s'est-il passé sur sa planète? Peut-être bien que le mouton à mangé la fleur..."

Tantôt je me dis: "Sûrement non! Le petit prince enferme sa fleur toutes les nuits sous son globe de verre, et il surveille bien son mouton..." Alors je suis heureux. Et toutes les étoiles rient doucement.

Tantôt je me dis: "On est distrait une fois ou l'autre, et ça suffit! Il a oublié, un soir, le verre, ou bien le mouton est sorti sans bruit pendant la nuit..." Alors les grelots se changent tous en larmes!...

C'est là un bien grand mystère. Pour vous qui aimez aussi le petit prince, comme pour moi, rien de l'univers n'est semblable si quelque part, on ne sait où, un mouton que nous ne connaissons pas a, oui ou non, mangé une rose...

Regardez le ciel. Demandez-vous: le mouton oui ou non a-t-il mangé la fleur? Et vous verrez comme tout change...

Et aucune grande personne ne comprendra jamais que ça a tellement d'importance!

Ca c'est pour moi, le plus beau et le plus triste paysage du monde. C'est le même paysage que celui de la page précédente, mais je l'ai dessiné une fois encore pour bien vous le montrer. C'est ici que le petit prince a apparu sur terre, puis disparu.

Regardez attentivement ce paysage afin d'être sûr de le reconnaître, si vous voyagez un jour en Afrique, dans le désert. Et, s'il vous arrive de passer par là, je vous supplie, ne vous pressez pas, attendez un peu juste sous l'étoile! Si alors un enfant vient à vous, s'il rit, s'il a les cheveux d'or, s'il ne répond pas quand on l'interroge, vous devinerez bien qui il est. Alors soyez gentils! Ne me laissez pas tellement triste: écrivez-moi vite qu'il est revenu...

Le Petit Prince
la meilleure vente de l'histoire des enfants

1847946R00060

Printed in Germany
by Amazon Distribution
GmbH, Leipzig